CHATS

COLETTE

Chats

ÉDITIONS JEAN MARGUERAT, LAUSANNE

SIMPLETTE

Je m'appelle Simplette. Et j'ai bien fini par mériter mon nom. Cela n'a pas été tout seul...

Mais il faut bien tenir compte de ma vie conjugale. Mariée trop tôt, mère à huit mois, la première année de mon âge ne s'écoulait pas que déjà je me remariais... Ainsi de suite. Je m'étiolai. Sardines, huile de foie de morue, viande de cheval saignante. A un tel régime, je repris des forces, que j'employai au mieux. Vous m'entendez à demi-mot, j'espère ?

Chacun porte son destin. Moi, c'est dans les flancs, pendant neuf semaines. Je mange bien. Je dors beaucoup ; il faut bien faire la place d'un peu de songe, tout est si terriblement réel en moi, et autour de moi...

Je suis une douce mère chatte, on me voit la robe modeste, le sourire neutre des gouvernantes qui ont le démon sous leurs jupes. Je promène ma séquelle d'enfants, que je confonds avec ceux de la portée précédente. Je ne leur fais ni grand mal, ni grand bien. Une main mystérieuse me les enlève ? Bah ! J'en ferai d'autres...

Mes époux passent, me trahissent, m'oublient ? Bah ! J'en aurai d'autres... Vous ne pensiez pas qu'on pût être à ce point dissolue, et respirer l'innocence ? Je ne respire ni l'innocence, ni la ruse, ni même la fureur sacrée qui fait hurler mes pareilles fatidiquement. Je ne respire rien du tout, car je suis vide — encore qu'il n'y paraisse guère. Quelle routine, et que tout cela manque de variété ! Aussi je dors le plus que je peux. Et souvent je rêve — volupté non pareille — que je suis endormie et que je ne rêve à rien.

LE SIAMOIS

« Chat sacré ! Chat du Siam ! Chat royal ! »... C'est bientôt dit.
Là-dessus on ne me nourrit que de riz et de poisson. Le poisson
est une bonne chose. Mais toujours du poisson et du riz, du riz
et du poisson... Croient-ils que mes origines siamoises, peut-
être aussi ma religion, me défendent de manger comme tout le
monde ? Si je les écoutais...

Ils me nomment Chat. Pourtant je m'évertue à caninement les
suivre, sur la plage, en forêt, et jusqu'au grisant marécage gorgé
de bêtes molles et confuses qui ploient sous les pattes. Et je me
range avec les chiens, sur le côté de la route, pour laisser passer
les automobiles. Phares contre phares, les automobiles brillent
blanc, et moi rouge. Rouge ! La nuit vos chats brûlent vert,
comme les brebis. Mais il faudrait tout vous apprendre...

C'est vrai, j'ai mangé des palombes, un perdreau, un tendre
lapin... J'ai été créé pour traquer tout ce qui est beige, fauve, un
peu brun. Pourquoi le Maître de toutes choses m'eût-il donné,
autrement, cette robe de sable et de feuille mûre ? Je ne suis
caché qu'autant que je ferme mes yeux d'un bleu de flamme.
Si je les ouvre, tout s'envole, perdrix, campagnol et grive...
Ce petit peuple n'est pas de taille à supporter un tel bleu.

Ah ! vous voici, porteurs d'un filet de turbot et d'une jatte de
riz — pour changer. Grand bien vous fasse, je n'en veux pas.
Il fait jour, et la chasse ne vaut rien à cette heure où le vrai gibier
est sous terre ou dans l'air. Mais j'ai des granges inconnues.
Et chat ou non, je m'encanaille comme un prince que je suis.

Un geai crevé, cela mouille la bouche, rien que d'y penser... Une salamandre noire et jaune, un peu faisandée, voilà qui vous ôte de l'esprit ce pâle poisson, ce riz blanc comme un fantôme... Faute de mieux, j'irai jouer au plus fin avec le seul qui ne cligne pas sous mon regard et s'irrite, depuis sa chute, devant tous les bleus célestes — avec mon frère le serpent.

LE PETIT CHAT NOIR
(Paroles posthumes)

J'ai peu vécu de la vie terrestre, où j'étais noir. Noir entièrement, sans tache blanche au poitrail, ni étoile blanche au front. Je n'avais même pas ces trois ou quatre poils blancs, qui viennent aux chats noirs dans le creux de la gorge, sous le menton. Robe rase, mate, drue, queue maigre et capricieuse, l'œil oblique et couleur de verjus, un vrai chat noir.

Mon plus lointain souvenir remonte à une demeure où je rencontrai, venant à moi du fond d'une salle longue et sombre, un petit chat blanc. Quelque chose d'inexplicable me poussa au-devant de lui, et nous nous arrêtâmes nez à nez. Il fit un saut en arrière, et je fis un saut en arrière en même temps. Si je n'avais pas sauté ce jour-là, peut-être vivrais-je encore dans le monde des couleurs, des sons et des formes tangibles...

Mais je sautai, et le chat blanc crut que j'étais son ombre noire. En vain j'entrepris, par la suite, de le convaincre que je possédais une ombre bien à moi. Il voulait que je ne fusse que son ombre, et que j'imitasse sans récompense tous ses gestes. S'il dansait je devais danser, et boire s'il buvait, manger s'il mangeait, chasser son propre gibier. Mais je buvais l'ombre de l'eau, et je mangeais l'ombre de la viande, et je me morfondais à l'affût sous l'ombre de l'oiseau...

Le chat blanc n'aimait pas mes yeux verts, qui refusaient d'être l'ombre de ses yeux bleus. Il les maudissait, en les visant de la griffe. Alors je les fermais, et je m'habituais à ne regarder que l'ombre qui régnait derrière mes paupières.

Mais c'était là une pauvre vie pour un petit chat noir. Par les nuits de lune je m'échappais et je dansais faiblement devant le mur blanc, pour me repaître de la vue d'une ombre mienne, mince et cornue, à chaque lune plus mince, et encore plus mince, qui semblait fondre...

C'est ainsi que j'échappai au petit chat blanc. Mais mon évasion est une image confuse. Grimpai-je le long du rayon de lune ? Me cloîtrai-je à jamais derrière mes paupières verrouillées ? Fus-je appelé par l'un des chats magiques qui émergent du fond des miroirs ? Je ne sais. Mais désormais le chat blanc croit qu'il a perdu son ombre, la cherche, et longuement l'appelle. Mort, je ne goûte pourtant pas le repos, car je doute. Peu à peu s'éloigne de moi la certitude que je fus un vrai chat, et non pas l'ombre, la moitié nocturne, le noir envers du chat blanc.

FASTAGETTE

Je m'appelle Fastagette. A vous dire vrai, je ne sais pas très bien pourquoi. C'est un caprice de ceux en faveur de qui j'ai rompu avec ma race. Je ne connais presque pas les Chats. Leur langage même m'est devenu assez obscur, sauf — l'avouerai-je ? — ces mots qui me parviennent, rugis, lamentés, à travers le vent tranchant de janvier, ou balancés par la nuit de juillet au bout d'un fil de lune. Ce sont des mots gigantesques, qui couchent mes oreilles sous leur poids. Des mots très légers qui pleuvent comme un pollen. Des mots odorants dont mon nez, en forme de cœur, déjà rose, rougit et s'humecte... Mais ces mots-là, je pense que la terre entière, de la Souris jusqu'au Deux-Pattes, les entend.

Pour le reste, mon ouïe a cueilli, et retenu, le parler de ceux avec qui je vis. Mon Dieu, je n'y ai pas eu grand'peine. En trente paroles, ils ont tout dit. Trente paroles, noyées tantôt dans une brume de sons indifférents, tantôt dans des musiques trop précises, aiguës, qui me font mal. Car le cœur du Chat est tout près de son oreille.

Je vis seule, parmi les Deux-Pattes. Seule je songe, seule je me réjouis et je dors. M'affligé-je ? Non. Mais parfois je me plains sans cause.

Je suis si blanche que je ne saurais avoir de compagnons, ni de pairs. Une telle robe, la mienne, n'admet ni voisinage, ni comparaisons. Puérile encore, ils m'ont donné un petit Chat noir, et je crus jouer avec mon ombre... Mais il n'est pas sain de jouer avec les ombres, et je me mis en tête que le petit Chat noir n'existait pas réellement. Alors il maigrit, diminua, fondit comme une ombre, et le jour qu'il disparut entre un mur blanc et un miroir d'eau — le temps qu'un nuage passât sur le soleil — je repris ma sérénité.

Je suis si blanche que ma blancheur semble un leurre, un jeu furtif de réverbérations. Sous la feuille je deviens verte, et les cinéraires bleus versent sur mon flanc une vague d'indigo paisible, que mon souffle soulève à peine. M'avez-vous vue rose, à l'heure où les grands cirrus, comme un vol de flamants, fuient le soleil couchant ? Toutes ces couleurs qui se saisissent de moi me fatiguent, car mon enfance sans nourrice m'a laissée délicate, frileuse, férue de ma faiblesse et des soins qu'elle me vaut, mélancolique comme un ange, et si je clos souvent les paupières, c'est pour que le bleu du ciel cesse de rencontrer et d'enrichir le bleu de mes yeux.

Je ne sais quelle soif, parfois, émeut le centre le plus blanc de ma blancheur. Alors je m'en vais, discrète. Le long de l'allée, les géraniums, les phlox ont beau me baigner de rouge et de violet, je les trouve pâles et fastidieux.

Je m'en vais jusqu'au cellier obscur. Là gît, couchée, la jarre énorme qui de son usage ancien reste, à l'intérieur, vernissée d'huile sombre. C'est elle qu'il me faut. A côté, la pente roide d'un mont d'anthracite s'adoucit vers la base et s'effrite...

D'huile enduite, je me roule sur la plage de poussier noir, bain des chattes blanches. Le dos, le ventre, le flanc... La queue, le poitrail, que rien n'échappe ! Le doux front lui-même, et les joues... Et que fasse pénitence aussi le nez rose en forme de cœur !

Car il faut bien qu'une blancheur comme la mienne soit punie. Je n'ai pas besoin d'époux ni de sœur. Je n'ai pas besoin d'autre compagnon, d'autre confident, que mon périodique et noir péché.

CAPUCIN ET ADIMAH

PREMIER JOUR

CAPUCIN. — Adimah, veux-tu m'épouser ?

ADIMAH. — Qu'est-ce que tu as dit ?

CAPUCIN. — Veux-tu m'épouser ?

ADIMAH, *ravissante et blanche, toute pureté.* — Je ne comprends pas ce que tu veux dire.

CAPUCIN, *couleur de bure, vexé.* — Mettons que je n'aie rien dit.

ADIMAH. — Mais tu n'as rien dit.

DEUXIÈME JOUR

CAPUCIN. — Qu'est-ce que tu regardes dans le jardin ?

ADIMAH. — Rien.

CAPUCIN. — Alors pourquoi regardes-tu le jardin ?

ADIMAH, *agacée.* — Je ne regarde pas le jardin ! Je regarde, je ne sais pas, moi... Le ciel, une apparition, tout ce qui n'existe pas... Mon rêve... (*Silence.*)

CAPUCIN. — Veux-tu m'épouser ?

ADIMAH, *après un silence.* — C'est drôle, j'ai entendu cette phrase-là quelque part...

> (*Dans le jardin, le lierre qui couvre le mur de clôture s'agite. D'un remous de feuilles émerge un long matou rayé qui se laisse couler jusqu'en bas du mur et rampe vers le massif de rhododendrons.*)

ADIMAH, *léger cri.* — Ah !...

CAPUCIN, *qui n'a rien vu.* — Qu'est-ce que tu as ?

ADIMAH, *rêveuse.* — Lèche-moi l'oreille droite, veux-tu ?

ADIMAH, *seule, languissante, appelant.* — Capucin !... ô Capucin !...

CAPUCIN, *accourant.* — Voilà ! voilà ! Tu m'as appelé, ma chérie ? Veux-tu m'épouser ?

ADIMAH, *hésitante.* — Oui... Non... *(Elle le regarde rêveusement. Puis elle jure d'une manière abominable, le gifle, fait mine de sortir mais s'arrête sur le seuil.)*

CAPUCIN, *diplomate.* — Comme tu es nerveuse, ma chérie. Je crois que l'air te fera du bien.

ADIMAH *rejure et sort en reine offensée.*

CAPUCIN, *seul.* — Insister eût été maladroit.

CAPUCIN, *près d'Adimah qui dort profondément.* — Adimah !... Adimah !...

ADIMAH, *ronron très faible.* — ...

CAPUCIN, *à mi-voix.* — Veux-tu m'épouser ?

ADIMAH, *même jeu.* — ...

CAPUCIN, *vexé.* — Ce n'est pas une existence. Tu t'es absentée pendant trois jours, et depuis ton retour, tu dors tout le temps ! Adimah !... Viens à la fenêtre ! Viens regarder dans le jardin !

ADIMAH, *d'une voix à peine distincte.* — ...rder ...rdin ?...

CAPUCIN, *littéraire.* — Oui, tu sais bien... Le ciel... Une apparition... Ton rêve...

ADIMAH, *s'éveillant à demi.* — Mon quoi ?... Ah ! oui, je sais... Va donc dire à Emélie qu'elle le flanque dehors à coups de balai.

CAPUCIN. — Qui ?

ADIMAH. — Baba, le matou du voisin. Je l'ai assez vu. *(Elle se rendort.)*

La peur du photographe.

Histoire de se faire des griffes.

« N'aie pas peur, je ne te mordrai pas »...

« C'est drôle, mais je t'aime bien ! »

Et en effet le pigeon et le chat devinrent une paire d'amis.

Ce chaton persan peut non seulement s'enor-
gueillir d'un pedigree impeccable, mais il ne
craint personne pour l'élégance de sa toison
chinchilla et de ses yeux d'émeraude.

La foi, l'espérance et la charité
(celle-ci, comme d'habitude, un peu circonspecte).

Aide-toi, le ciel t'aidera.

Il n'y a que le premier pas qui coûte.

Deux loups de mer.

Le bonheur des uns fait le malheur des autres.

Les ingénus.

Une fable en quatre épisodes :

1⁰ Chat et serpent se regardent, si l'on peut dire, en chiens de faïence. — 2⁰ Notre ami chat tente une attaque. — 3⁰ Mais

prudence! le reptile déroule son souple ruban. — 4⁰ Plus heureux que notre mère Eve, Minon met en fuite le rampant animal.

Le chat botté.

«Et, monté sur le faîte,
il aspire à descendre »
(Corneille)

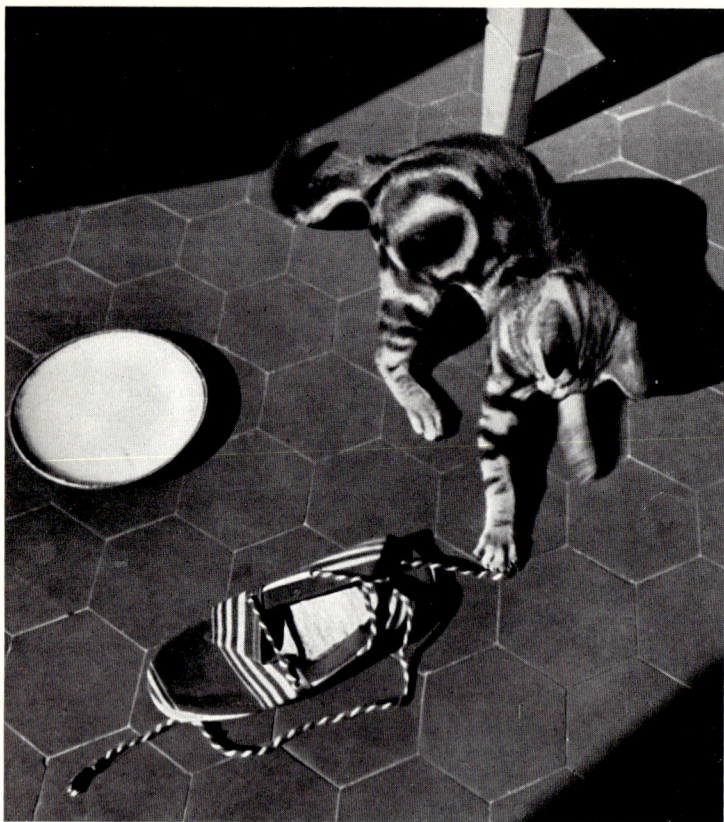

« Si le déjeuner tarde, qu'importe! Jouons un peu, en guise d'apéritif. »

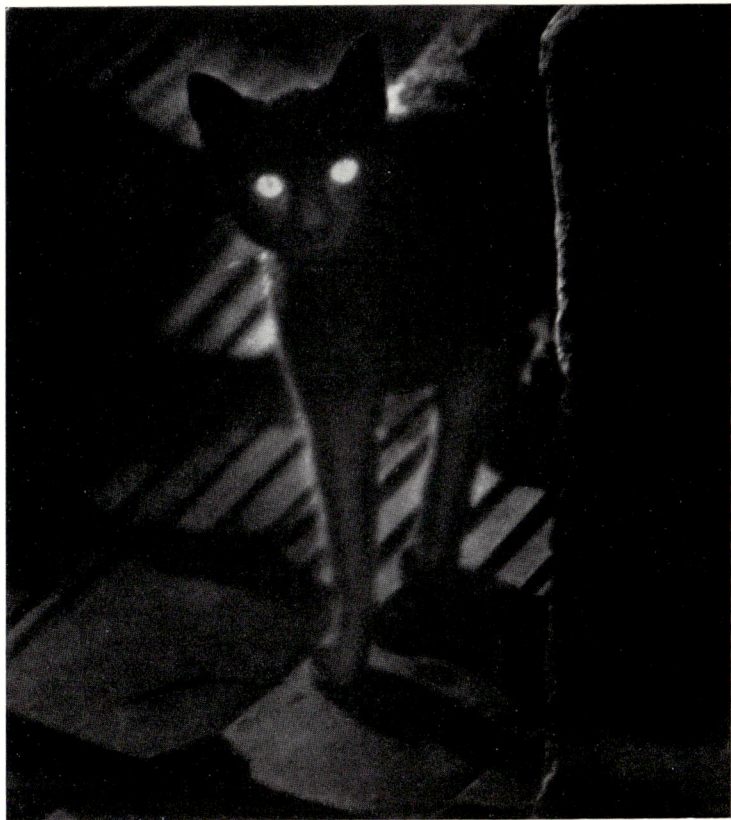

« Le feu de ses prunelles pâles,
clairs fanaux, vivantes opales
qui me contemplent fixement. »
(Baudelaire)

Couleur et dessin sont peut-être semblables, mais nous n'avons rien de commun avec cet individu!

La courte échelle.

Voilà mon déjeuner qui prend la clé des champs!

Nouvelle variation du même thème: «Le chat et la souris.» A en juger par sa mine, Minon d'ailleurs ne s'attendait guère à trouver du gibier sur le pas de sa porte.

«Chacun en a sa part et tous l'ont tout entier», a écrit le grand Hugo, parlant de l'amour maternel.

Dandy jusqu'au bout des griffes, ce Siamois, comme tous ses frères, ne s'en laisse imposer par rien ni par personne.

La valeur n'attend pas le nombre des années.

Promenade sentimentale.

Pour imiter la girouette.

«Le chasseur
   au beau poil flaire
   une odeur subtile,
Un parfum de chair
   vive égaré dans le
   vent...»

(Leconte de Lisle)

La leçon de chant.

«Qui fut mon père? Je l'ignore. Ma mère? A n'en pas douter une blanche Persane. Mais ce n'est pas ma faute à moi si je suis né figue et raisin.»

«Quelqu'un, je crois bien, a parlé de crème...»

«Pas de rose sans épines», dit le proverbe, mais Minet s'en moque pas mal.

J'y suis, j'y reste.

Sur le sentier de la guerre.

« Zut, le temps se lève !
Je n'aurai pas d'excuse pour mon rendez-vous ! »

« Qui veut m'adopter ? » se demande
ce petit Persan à rayures de tigre.

Le grand jour arrivé, Minette avait mis bas — une portée de six, s'il vous plaît! — dans le premier endroit tranquille venu. Pendant quarante-huit heures, elle allaita toute sa petite famille au lieu même de la naissance des chatons, puis se mit en devoir de les transporter à son domicile, c'est-à-dire celui de sa maîtresse, — patiemment, un à un, en plein San-Francisco, où les automobilistes lui livrèrent d'ailleurs gentiment passage.

Quand maman chatte s'en va en promenade, la mère poule prend des chatons sous ses ailes.

Coucou!

Black and White.

Comment faire pour être heureux
Comme un petit enfant candide? *(Apollinaire)*

Le penseur.

Le bourgeois ...

... et le prolétaire.

Confrontation.

« Pas facile, — mais j'y arriverai ! »

Chien et chat.

Incroyable mais vrai: ce chat, ami du sport,
retire les flèches lancées dans la cible, pour
les apporter au prochain tireur.

Ce chat a bel et bien posé un câble. Lors de la construction de la digue de la Grande Coulée, à Washington, les ingénieurs ne savaient comment procéder pour faire passer un câble dans un tube de 150 mètres de long. Finalement, quelqu'un eut la bonne idée de penser à « Boule-de-Neige ». On attacha le dit câble à la queue du félin, puis, au moyen d'air comprimé, on amena l'animal à parcourir toute la longueur du tube. Nous voyons ici Boule-de-Neige heureusement arrivée au but, en même temps que le câble effectivement posé par ses soins.

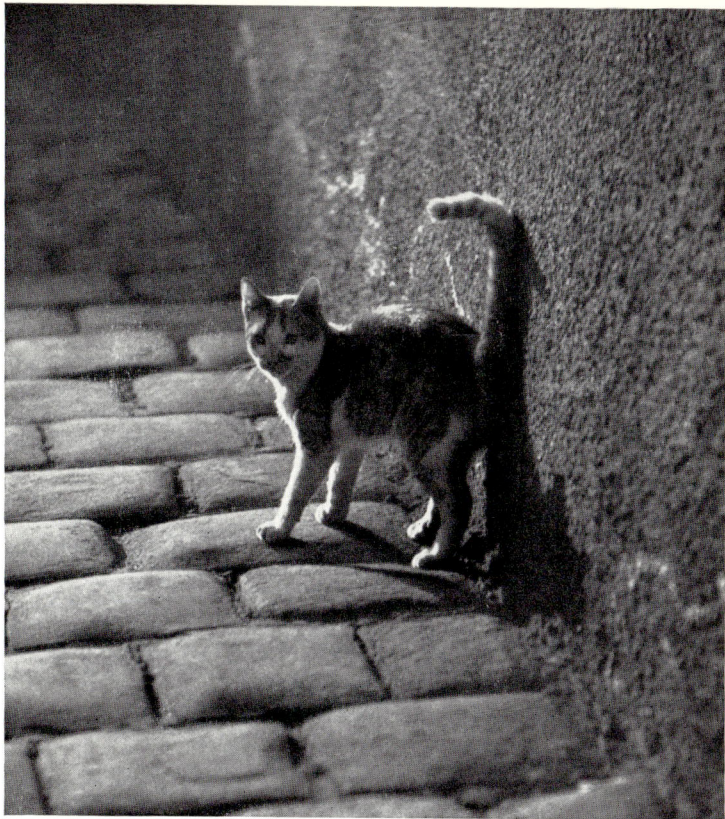

«Non, Monsieur, je ne vous connais pas, et je ne désire pas vous connaître.»

Tigres en miniature. Et encore, l'identité avec le roi de la jungle est si grande qu'au premier coup d'œil on s'y tromperait.

Dolce far niente.

En lieu sûr.

Scène prise dans une cour à San-Francisco. Par bonheur, les locataires du quatrième purent finalement procéder au sauvetage. Espérons que Minet se sera gravé dans la tête ce principe de tout bon grimpeur: « Monter est plus facile que descendre.»

«Comment, déjà l'heure du réveil?»

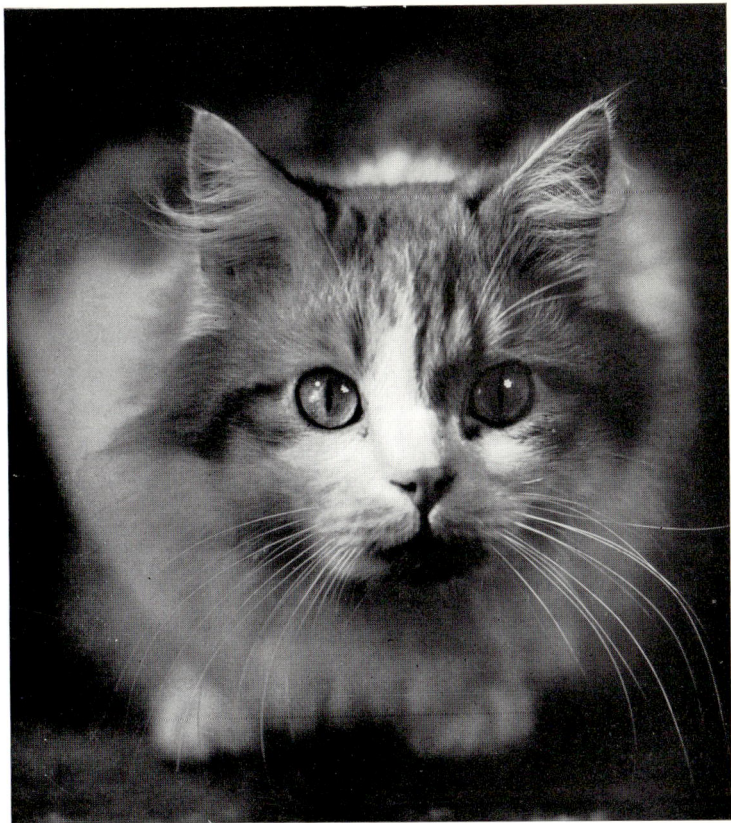

«Ce photographe, décidément, n'a pas une tête qui me revienne.»

«Dis-moi qui tu hantes, je te dirai qui tu es.»

Qu'allait-il faire dans cette galère?

6 mois: Premier pas dans le vaste univers...

1 an: Il a l'air drôlement fait, ce monde...

3 ans: Je crois qu'il me plaira quand même...

10 ans: Deux années de plus, ça se sent tout de même...

12 ans: L'existence a bien perdu de son charme...

14 ans: ... pour un vieux monsieur comme moi...

ns: Beau comme je suis,
tes vont m'aimer...

6 ans: Que Messieurs
mes rivaux ne viennent
pas s'y frotter...

8 ans: Au fond, je suis bien
content de vivre...

ans: Maintenant, j'ai
it de Mathusalem...

« Qu'est-ce que je vais en faire? »

Les Persans bleus sont les angoras les plus
recherchés. Quand ils sont de pure race, ils
ont des yeux cuivre ou orange foncé et
leur pelage est d'une parfaite unité de ton.

L'intrus.

« Pas le temps de nous amuser ; nous avons un rendez-vous. »

Au cynodrome de Hendon, les chats Jimmy et Sally ne craignent personne pour la course à obstacles... quand les lévriers ne sont plus en vue.

« Le chat, solitaire, chassait,
indifférent à tous les lieux. »
(Kipling)

«Ma parole!
j'ai entendu un bruit
suspect...»

Figure de ballet?
Non: chasse au papillon.

Confidence.

Il n'y a pas que les chiens qui lèvent la patte.

Petit à petit, Minet fait son nid.

Gare à mes griffes!

On est toujours
puni par où
l'on a péché.

Cinq enfants à élever, si vous croyez que c'est drôle...

Colette l'a bien dit: «La paix chez les bêtes.» Si seulement les hommes savaient en faire autant.

Est-ce que le petit Noël a pensé à moi?

L'embarras du choix.

Si vous y tenez absolument, je veux bien jouer,
mais c'est uniquement par politesse.

« C'était un très bon petit chat
Joueur à la prunelle bleue ;
Il n'en voulait pas qu'on marchât
Un peu brusquement sur sa queue. »

(Mallarmé)

Et qu'on ne dise plus que l'art n'est pas fait pour les chats.

«Elle est quand même drôle ma mère; elle me laisse là à grelotter sous prétexte de nourrir deux orphelins d'écureuil.»

Sa majesté le critique.

L'apprenti dentiste.

PHOTOS

Ag. Fot. Internazionale p. 30. — Alliance Photo Adep p. 17, 32, 39, 53, 72, 73, 86, 87. — Balogh p. 20. Eidenbenz p. 42, 44/45, 80. — Fox Photos London p. 36, 95, 100. — Hein Gorny p. 58, 76/77, 83. — H. Guggenbühl p. 18, 34, 35. — Harris's Pictures London p. 24, 25, 37, 41, 54, 55, 65, 70, 78, 82, 88, 90, 91, 92, 94, 98. — F. Henn p. 68. — W. Herdeg p. 47. — F. Seymour Hersey p. 85. — Horydczak p. 40. — Illustra p. 21. — Keystone London p. 28/29, 71. — E. Koehli p. 60. — Life p. 46, 66. — E. Meerkämper p. 26, 84, 93. — Munkacsi p. 89. — Schuh p. 50, 51, 57, 61, 97. — Albert Steiner p. 52, 69. — Suschitzky p. 59. — Vardas Ernö p. 19, 23, 27, 31, 33, 43, 56, 62, 63, 67, 74, 75, 99. — Weltrundschau Berlin p. 96. — Dr Paul Wolff & Tritschler p. 22, 38, 48, 49, 64, 79, 81.